YUSUF ALİ'NİN MACERALARI

BİR KAHRAMAN DOĞUYOR

YUSUF ALİ İLE DEĞERLER EĞİTİMİ

Yazan:
HAMİT YOLCU

genç aden

Eser Adı: Yusuf Ali'nin Maceraları-1

Yazar:
Hamit Yolcu

YUSUF ALİ'NİN MACERALARI
Bir Kahraman Doğuyor

Yayın Yönetmeni:
Serdar Çelik

Editör:
Serkan Ekmen

Tashih:
Abdullah Taşkıran - Serdar Demir

Resimleyen:
Zeynep Yeşilmen

Kapak Tasarımı ve Mizanpaj:
Faruk Güney

1. Baskı:
Mart 2016

2. Baskı:
Ocak 2017

ISBN: 978-605-9844-67-3

Baskı-Cilt: Şenyıldız Yayıncılık
Hediyelik Eşya ve Tekstil San. Tic.Ltd.Şti.
Gümüşsuyu Cad. No.3 K.2 Topkapı / İSTANBUL
Tel: 0212 483 47 91 Sertifika No: 11964

Genel Dağıtım:
ADEN YAYINEVİ
İkitelli O.S.B. Mh. Milas Cd. İş Batı İş Merkezi
No:29/12 Başakşehir - İSTANBUL
Tel: +90 212 511 28 11 • Fax: +90 212 511 28 12
www.adenkitap.com
info@adenkitap.com

Hamit YOLCU Kimdir?

1973 yılında Niğde de dünyaya geldi. Ahıskalı muhacir bir ailenin en küçük çocuğudur. İmam olan babası farklı şehirlerde görev almış, bu yüzden renkli bir çocukluk geçirmiştir.

Bolu Atatürk İlkokulunda başlayan eğitim hayatı Bolu İmam Hatip Lisesi, İstanbul (Fatih) İmam Hatip Lisesi, Pendik İmam Hatip Lisesi ile devam etmiştir. Uludağ Üniversitesi İlahiyat Fakültesi ve Anadolu Üniversitesi Kamu Yönetiminden mezun oldu.

Kartal Anadolu Gençlik Derneğinde (AGD) üç yıl gençlik üzerine çalışmalar yaptı. Özel Birikim Eğitim Kurumlarında öğretmen ve idareci olarak on yıl görev yaptıktan sonra Milli Eğitim bünyesinde öğretmenliğe geçti.

Şarkışla İHL, Bağcılar Ahi Evren İHL, Orhangazi İHL'de İHL Meslek dersi öğretmeni olarak görev yaptı. Halen İstanbul İl Milli Eğitim Müdürlüğü AR-GE biriminde yerel ve uluslararası projeler yazmakta ve yönetmektedir.

Evli ve iki çocuk babasıdır.

Yusuf Ali ile
arkadaş olmak ister misin?

/yusufalininmaceralari

ÖNSÖZ

Gecenin yarısında sokak lambası altında bir şeyler arayan sarhoşun yanına polis memuru gelir. Hayırdır ne arıyorsun burada...

Sarhoş; “kaybettiğim anahtarlarımı arıyorum, bulamazsam eve giremem, sokakta kalırım.”

Birlikte kenar bucak aradılar. Sonra polis memuru;

“Sen emin misin burada kaybettiğini bak her yerde arıyoruz yok...”

Sarhoş “ Yok be polis abi, şu karanlık sokakta kaybettim, ancak orası karanlık, burada ışık var o yüzden burada arıyorum” der.

Maalesef ki bizler çocuklarımızın geleceğini, ülkemizin, dünyanın geleceğini kurtaracak anahtarı farklı yerlerde arıyoruz. Oysa bu milletin kurtuluşu, yarınlarımız çocuklarımızın ahlâk ve maneviyat içerisinde yetiştirilmesindedir. Kaybettiğimiz değerlerimizi başka yerlerde aradığımız için bir türlü istediğimiz bir nesil yetiştirememekteyiz.

Çocuklarımıza vereceğimiz erdem eğitimiyle ancak geleceğimizi garanti altına alabiliriz. Bu da çocuklarımıza kendi milli ve manevi değerlerimizi kazandırarak olur.

Kitabımızda değer eğitimi, hikâyeler içerisinde verilmiştir. Hikâyelerimi yazarken birçok arkadaşın tecrübesinden faydalandım. Onlarca sınıfta okutuldu, beğeni ile karşılandı.

Üzerimde emeği olan hocalarıma, bana destek olan ailem ve öğretmen arkadaşlarıma teşekkür ederim.

YUSUF ALİ'NİN MACERALARI

İŞTE BENİM HİKAYEM

Nasıl anlatacağımı bilemiyorum!

Yaşım küçük olmasına rağmen, kocaman bir hayat hikâyem oluverdi. Sizlerle de paylaşmadan edemeyeceğim. Öncelikle biraz hareketli, biraz da haylaz olduğumu kabul ediyorum. Fakat beni haylaz birisi yapan ne?

İçimde bir türlü durduramadığım "Hadi ne duruyorsun! Bir şeyler yapsana!" düşüncesi mi? Yoksa çevremdekiler mi bilemiyorum. Tamam, ben biraz haylazım. Ancak bu kötü birisi olduğum anlamına gelmiyor. Benimki çocuksu bir şey...

Geçen gün öğretmenim anneme: "Sizin çocuk aslında akıllı, uslu hep arkadaşlarına uyuyor. Onların gazına geliyor!" dedi. Laf aramızda bu gazına geliyor kısmını pek anlayamadım ama eminim çok hoş bir şey olmalı. Arkadaşlarım da, ben de çok eğleniyoruz bu gaz işinden. Demek ki neymiş benim suçum değilmiş.

BURASI ÇOK KARANLIK, BİRİ IŞIĞI AÇSIN!

Daha dünyaya gelmeden başladı benim hikâyem. Karanlık ve dar bir yerde uzun bir vakit bekledim. Bekle bekle nereye kadar... Şöyle kalkıp hareket etmek istiyor

insan. Sağa sola kımıldamak... Ayağını bir uzatıp bir çekmek... Bende öyle yapayım dedim, ayaklarımı uzatıverdim. Dışarıdan bir çığlık "Hüseyin koş koş ufaklık tekme attı, bak bak" Ardından ayak sesleri ve mutluluk çığlıkları... Sanki dersiniz Arda Turan var gücüyle topa tekmeyi salladı doksandan gol attı.

Tribünler ayağa kalktı bir tezahürat, bir tezahürat... Oysa benimkisi sıradan bir gerilmeydi. İşte o gün karar verdim insanları sevindirmek için bir şeyler yapmaya. O günden sonra canım sıkıldı mı şöyle bir uzatıveriyorum ayaklarımı. İlk günkü gibi bir sevinç bir telaş annemde hiç eksik olmuyor.

Merak da etmiyor, değilim! Dışarı da ne oluyor, ne bitiyor? Bazen kulağımı şöyle dışarı dayayıp konuşulanları dinliyorum ne muhabbet, ne muhabbet. Bugün komşu teyzeler geldi. "Kız Hacer -bu arada Hacer benim annem oluyor, annem hani beni bir ömür sevecek kadın- doktora baktırdınız mı; kız mı, erkek mi? Annem ; "Yok abla daha gitmedik. Emin ol ben de merak ediyorum" diyor. Sonra da "Aman hayırlısı olsun; erkek olmuş, kız olmuş ne fark eder" diye ekleyiveriyor. Pek göstermeyi beceremesem de ben de seni çok seviyorum anneciğim.

Sonra başlıyor teyzeler çekiştirmeye... Gündem çok hızlı değişiyor. Önce üst komşu Nezahat'ten şikâyet ediyorlar, sonra manav, kasap, öğretmenler... En son olmazsa olmazları kocalarına sıra geliyor. Uzun uzun konuşuyorlar: "Yok efendim benimki geç geliyor, yok efendim bize zaman ayırmıyor. Bir diğer abla kendini kaybediyor "Tüm erkekleri Taksim Meydanı'nda toplayıp yakacaksın." deyiveriyor. Sonra hep birlikte gülüp geçiyorlar. Son cümleyi mahallenin en güler yüzlü teyzesi söyleyiveriyor "Kız onlarla da olmuyor onlarsız da..." Hepsi de çok seviyor aslında kocalarını kıskançlık mı dersiniz, sevgi mi bilemiyorum.

Annemin ağlamasıyla uyandım sabahleyin. Babama, "Neden bu kadar erken gidiyorsun?" diye sesleniyordu. Babamsa gönlünü almak için uğraşıyordu zavallı. Bilmiyordu ki bir ömür annemin nazı bitmeyecek. Hadi ortalığı şenlendireyim dedim bir tekme. Hani çığlık! Hani coşku! Tribünler uyuyor mu? Üstüne demez mi, "Bak Hüseyin bu da tekmeleyip duruyor acaba bir şey mi oldu. Hüseyin doktora gidelim hadi!" Babam, her ne kadar çırpınsa da mecbur doktorun yolunu tutuyoruz.

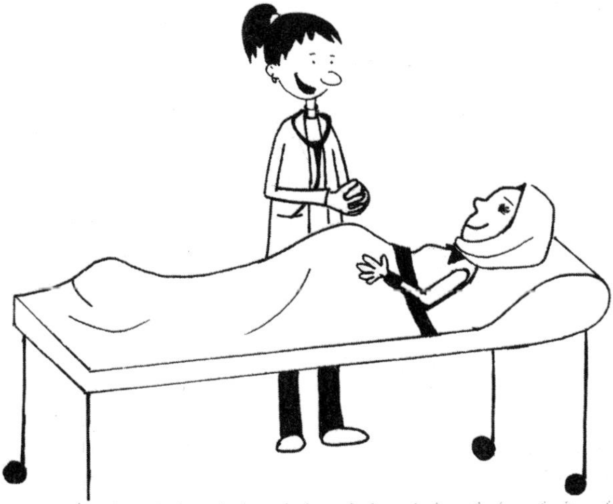

Doktor teyze çok şirin birine benziyor. O kadar güzel şeyler söyledi ki anneme "Telaşlanmayın her hamilelikte olur böyle şeyler. Merak ediyorsanız bir de cinsiyetine bakalım.." Annem sevinçle "Evet evet" dedi.. Hani anne, kız mı erkek mi fark etmezdi? Önemli olan hayırlı olanıydı. Babamın dediği gibi kadın milleti bir anı bir anını tutmuyor. Doktor elinde bir şeyle annemin karnını yokluyor. Ardından gözünüz aydın! Allahın izniyle sağlıklı bir erkek çocuğunuz olacak diyor. Annemde bir sevinç, bir coşku anlatamam. Ardından ağlamaya başlayıveriyor. O gün anladım ki; anneler hem sevindiklerinde, hem üzüldüklerinde ağlarmış.

Doktor teyze! Erkek olduğumu bende biliyorum, bana bilmediğim bir şey söylesene! Mesela ne olacağım? Doktor, mühendis, öğretmen... N'oldu? Cevap veremedin, kalakaldın demek ki neymiş... Doktorlar her şeyi bilmezmiş.

BANA BİR İSİM VERİN ARTIK

Bizimkileri aldı bir telaş. Aman efendim bu çocuğun ismi ne olsun? Toplandı tüm aile, başladılar isimleri saymaya: Ali, Can, Mesut, Hasan... Mükremin dedem "Ruhi olsun, rahmetli babamın ismi" dedi, Babaannem "Olmaz!" dedi. "Mehmet olacak". Annem, "Yusuf olsun. Yusuf ismini pek severim. Yusuf koyalım ki hem güzelliği hem hayatıyla

Hazreti Yusuf gibi olsun". Babamın ağzından ısrarla tek isim çıktı: "Ali olacak Ali." Bir türlü anlam veremedik neden Ali? Yıllar sonra öğrendik ki babamın Ali isminde, çok sevdiği bir asker arkadaşı varmış. Birbirlerine söz vermişler erkek çocukları olursa birbirlerinin isimlerini koyacaklar. Bana soran olmadı zaten. Ne kadar sitem etsem azdır. Hem benim ismimi koyacaksınız, hem de bana sormayacaksınız. Cık cık! Hiç olmadı bu.

İÇERDEN YENİ ÇIKTIM, ASABİYİM BEN!

Doğum kısmını pek anlatamayacağım. Annem bir yandan bağırıyor, bir yandan ağlıyordu. Gözlerimi açtığımda, popoma şaplağı vuran, koca burunlu ebeye gıcık oldum. İnsan tanımadığı etmediği kimseye öyle şeyler yapar mı? Neymiş efendim gelenek böyleymiş. Neyse ki beni, annemin sıcacık kucağına verdi de onu affettim. Yoksa ben ona yapacağımı biliyordum.

Hemşire abla koşarak dışarı çıktı: "Efendim nur topu gibi bir çocuğunuz oldu." İçeriye heybetli dev gibi bir adam girdi. Kendisi babam oluyormuş. Babam annemin alnına bir öpücük kondurdu. Sonra beni şöyle sevinçle kucağına aldı. "Allah'ım sana şükürler olsun." deyip bağrına bastı. Babam anneme gülümseyerek; "Benim gözümdeki ışık için bir ömür çalışıp çabalamaya değer" dedi. Çok mutlu oldum. Ben de seni bir ömür mutlu edeceğim babacığım.

Hastanede bir gün beklettikten sonra eve çıkmamıza izin verdiler. Ben de zaten oradan nasıl kaçarım diye düşünmeye başlamıştım. İlaç kokusunu bir türlü sevemedim gitti. Yaşım on bir, kocaman adam oldum; hastane deyince, burnuma aynı kokular gelmeye başlıyor. Gözüm kararıyor, bir hoş oluyorum. Annem daha şimdiden; "Doktor olacak benim oğlum" demeye başladı. Anne sen gel de bana sor nasıl çalışırım, bu kadar ilacın arasında. Ben bugünden vazgeçtim doktor olmaktan. Helalinden bir lokma olsun da ne olursa olsun.

NİHAYET BENİMDE BİR İSMİM VAR

Neyse ki kendimizi eve zor attık. Evimize hayırlı olsuna gelenler hiç eksik olmadı, sağ olsunlar. Nedense beni gören herkes "Maşallah! Maşallah! Allah ne güzel de yaratmış."deyip yakama bir madalya takıverdiler. Ne yapmış, ne etmiştim de bu kadar madalyayı hak etmiştim? Bir anda general oluvermiştim. Ben de gereğini yapmaya başladım keyfimce bazen ağlıyor, bazen de gülücükler saçıyordum. Ağladığımda evdekiler koşarak yanıma geliveriyordu. İlgi odağı olmak çok güzel bir şey.

Akşama doğru mahalledeki camiinin imamı Salih hoca geldi. Kulağıma ezan okudu. Ardından; "Ne olacak bu delikanlının adı?" diye sormaz mı! Herkes bir yandan atılıverdi. Ruhi, Mehmet, Ali, Yusuf, Hasan... Sağolsun Salih hoca son noktayı koydu. Dedemlerin

gönlünü alıp, bu sefer anne babasının isteği Yusuf Ali' olsun deyiverdi. Dedem üzüldü, biraz yüzünü ekşitti ama Salih hocayı da kıramadı. Laf aramızda kalsın dedem ara sıra saçlarımı okşayıp beni 'Ruhi torunum' diyerek seviyor.

UYUMAK İSTİYORUM!

O günlerde günlerimin pek hareketli geçtiğini söyleyemem. Bol bol karnımı doyurup, uyuyorum. Hem de ne uyku, günde en az on-on beş saat uyuyorum. Babam işten geldiğinde şikayet ediyor: "Ne zaman uyanacak bu çocuk? Azıcık seveceğim. Gece gündüz uyuyor beyefendi." Bu arada beyefendi derken beni kastetti. İnsana küçük yaştan itibaren saygı duyulması çok hoş bir duygu. Şimdi enerji depoluyorum

baba; "Yeter yorulmadın mı? Geç oldu yat artık" diyeceğin günler de gelecek.

Bizim evdekiler de pek renkli. Ara sıra oturup onları seyrediyorum. Babam beni kucağına alıp dil çıkarıyor. Başını bir sağa bir sola çevirip komik şeyler yaparak her seferinde beni güldürmeyi başarıyor. Annem elleriyle yüzünü kapatıp "ce eee" yapıyor. Uyumam için bana çok güzel ninniler söylüyor. Neydi o:

"Uyusun da büyüsün ninni
Tıpış tıpış yürüsün ninni..."

Ben de hemen uyuyorum, artık büyüyüp yürümek, oyuncaklarımla oynamak istiyorum.

YANIYORUM İMDAT!

O geceyi hiç unutamıyorum, annem kucağında sabaha kadar beni dolaştırıyor. Bende bir ateş bir ateş anlatamam! Bildiğiniz yanıyorum. Üstümü açıp serinletiyor. Ara ara nemli bir bezle ateşimi almaya çalışıyor. Kız anne ne oldu bana, neden sabaha kadar uyutmadım seni? İlerleyen saatlerde babamı kaldırıyor. Yusuf Ali'nin ateşi hiç düşmedi. Babam uyanıyor hızlıca üstünü giyiyor ve doğruca hastaneye gidiyoruz. Doktor amca ateşimi ölçüyor. "Oooo çok yüksek hemşire hanım

ateş düşürücü yapın." diyor. Bense hala üşüyorum. Hemşire abla bana doğru yaklaşıyor, aman Allah'ım! Elindeki iğneyi bacağıma batırıveriyor. "Canım çok yandı anne, beni buradan götür." dercesine ağlıyorum. İğneden sonra annem de ağlıyor, oyy kıyamam ben. Sanki iğneyi bana değil ona yapmışlar. Neyse ki babam sakin biri de, annemi de beni de yatıştırıyor. Baba işte, sırtını yaslayacağın en güvenilir insan.

ANNE BIRAKMA BENİ!

Günler hızla geçiyordu. Annemin doğum izni bitmiş çalışmaya başlamıştı. Her sabah beni temizliyor, doyuruyor, ardından koca bir öpücük kondurup anneanneme teslim ediyordu. Bazen de alt katta yaşayan babaanneme bırakıyordu. Anne! Üzülmeyesin diye söylemedim, onları çok seviyorum ancak dünya bir araya gelse senin yerini dolduramıyor. Hafta sonunu iple çekiyorum, sana sarılıp koynunda uyumak istiyorum. Senden ayrılmak istemediğimden, her

sabah iç çekerek ağlıyorum. Canım annem; eminim sen de benden bir an bile ayrılmak istemiyorsun.

Bu günlerde damaklarım kaşınmaya başladı, dişim çıkacakmış öyle dediler. Ne varsa saldırmaya başladım. Bulduğumu ağzıma atıp, uzun uzun çekiştiriyorum. Öyle tatlı öyle tatlı kaşınıyor ki anlatamam. Dedem ara sıra bakalım çıkmış mı diyerek, koca parmağını ağzımda gezindiriyor. Sonra var gücümle ısırıyorum. Dedem "Aman! Parmağımı koparacak afacan" diyerek kahkaha atıyor.

YAŞASIN KAR YAĞIYOR

Kış mevsimi geldi, kar yağmaya başladı. Dışarıda acayip rüzgar var. Artık annem beni evde öyle tulumla durdurmuyor. Sıkı sıkı giydiriyor. Hele dışarı çıkarttığında o kadar çok şey üstüme alıyor ki robot gibi oluyorum. Kollarımı, bacaklarımı kımıldatamıyorum. İnsanın, soğuk kış günlerinde sıcacık yuvasından dışarıyı seyretmesi ne güzel. Allah dışarıda çalışan, soğukta kalanların yardımcısı olsun.

Keşke biraz daha büyümüş olsam, dışarıda kartopu oynayan çocuklarla ben de oynasam. Büyümek için önüme ne koyuyorlarsa yiyorum. Anneannem benim için çok özeniyor. Çeşit çeşit mamalar, çorbalar hazırlıyor. Annem kendini pek yorma dese de anneannem severek yapıyor.

Bizimkiler bu sıra benim üstüme çok düşüyorlar. Anlamadığım kelimelerle "Day dur! day dur!" diyorlar. Babaanne ayakta dur! desene. Day dur da neymiş? Artık birkaç adım atabiliyorum. Babaannem; annem, babam işten gelmeden onlara müjdeyi verdi. "Yusuf Ali yürümeye başladı. Akşam gelirken hediyesini unutmayın." Babam akşam, boyum kadar kocaman bir oyuncak ayıcık almış, getirmiş. Onunla oynamaktan çok hoşlanıyorum, bana arkadaşlık yapıyor.

PARKA GİTTİM PİŞMAN OLDUM

Yaz sıcaklarının hissedilmesiyle, artık annemle birlikte dışarı çıkabiliyor, oyunlar oynuyorduk. Parkta çocuklar, ağabeyler, amcalar teyzeler de güneşin tadını çıkarıyorlardı.

Bazen dedem elimden tutup parka götürür, giderken de mutlaka çikolata alırdı. Dört yaşındaydım ve parka gitmeyi çok seviyordum. Dedem; o gün beni parkta oynayan, Serdar abiye emanet etmiş, kendisi de gazete almaya gitmişti.

Serdar abinin arkadaşları onu top oynamaya, parkın yanındaki futbol sahasına çağırmışlardı. Serdar abi de, beni unutup koşarak arkadaşlarıyla oynamaya gitmişti. Bense orada yalnız kaldım. Dedemi beklemeden Serdar abinin yanına gittim. Serdar abi beni gördü; "Şu kenarda otur, bizi seyret." dedi.

Az sonra dedem parka gelmiş, bizim olmadığımızı görünce çok korkmuştu. Parkta oturanlara sormuş, kimse benim oradan uzaklaştığımı görmemişti. Dedem panik içerisinde bir oraya, bir buraya koşuşturup, başıma bir şey gelmemesi için dualar etmiş. Belki eve gitmiştir diyerek hızlı adımlarla evin yolunu tutmuş. Evde olmadığımı öğrenince oracıkta çocuk gibi ağlamaya başlamış. Evdekiler hep beraber cadde sokak ayırmadan aramaya koyulmuşlar. Dedem bir yandan kendini suçluyor, bir yandan da nasıl olduğunu annemlere anlatmaya çalışıyormuş.

Bu arada maç bitti, Serdar abi elimden tutup, beni evimizin kapısına kadar getirdi. Babaannem kapıyı açıp beni karşısında görünce şaşırıp, uzun uzun sarıldı.

Neredeydin bizi çok korkuttun diyerek kızdı. Sonra dedemleri arayarak benim geldiğimi haber verdi. Her gelen önce kucaklıyor, öpüyor, ardında da kızmaya başlıyordu. Bense dilim döndüğünce olanları anlatıyordum. Önce sevip, sonra kızmalarına anlam veremiyordum. Neyse ki babamın haberi olmamış bir de ondan fırça yememiştim.

* * *

O yazın sonuna gelmiştik. Annem, babama; "Hüseyin bu çocuk ele avuca sığmaz oldu. Her gün evin altını üstüne getiriyor. Kanepelerin üstünden zıplıyor; evde ne var, ne yoksa dağıtıyor. Artık annelerimiz de yaşlandı. Yusuf Ali'nin enerjisine ayak uyduramıyor. Acaba anaokuluna mı versek, ne dersin?"

O gün beni anaokuluna göndermeye karar verdiler. Bir gün sonra, babam yakında bulunan bir anaokulu ile görüşüp kaydımı yaptırdı.

KARDEŞİM OLDU, AMAN NE GÜZEL!

O yaz evimizde bir değişiklik daha olmuş, kardeşim dünyaya gelmişti. Herkes onu çok sevmeye, onunla ilgilenmeye başlamıştı. Her gün birkaç sefer altını kirleten, sürekli ağlayan, birisini neden severler ki, bir anlam veremedim.

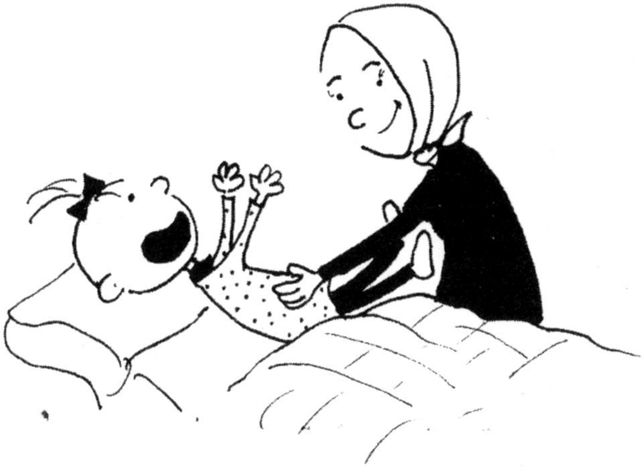

O gece ben de bir plan yaptım. Annem; "Tuvaletini yap öyle yat." demişti. Ben de lavaboya girmiş musluğu açıp kapatmıştım. Gece yatağıma girip biraz bekledim, sonra öylece koyuverdim." Ohh sıcacık!" ardından başladım ağlamaya. Annem uyanıp yanıma geldi. "Kazık kadar çocuk oldun utanmıyor musun altını ıslatmaya?" diyerek fırçayı bastı. Ardından babam geldi bir de o kızdı. Bir de popoma çimdik atmaz mı? Canım çok yandı. Bu resmen ayrımcılık! Kardeşim yaptığında, onu öpüp kokluyor; ben yapınca kızıyorsunuz. Bu planım tutmamıştı. Onların ilgisini çekecek, bir yol bulmalıydım.

Birkaç gün bekledim, sonra kanepenin arkasına saklandım. Annem "Yusuf, Yusuf" diye seslenmeye başladı. Hiç ses çıkarmadım. Başladı beni aramaya, tüm odalar, balkon, merdiven boşluğu, derken komşulara haber verdi. Bense hiç ses çıkarmıyordum.

Annem babamı aradı; "Hüseyin! Yusuf yok! Kayboldu! evdeydi, şimdi her yere baktım, yok, yok. Sanki yer yarıldı da içine girdi. Ne olur hemen buraya gel" diyerek ağlıyordu.

Dedem imdadına yetişmiş; "Bir yere saklanmış olmasın, dur bir de ben bakayım." dedi. Canım dedem birazdan beni bulacak ve sarılacaktı. Ben de kanepenin arkasında sıkılmıştım. Azıcık kımıldayayım dedim, dedem başımda belirdi. "Vay eşek sıpası demek buraya saklandın" dedi; popoma bir şaplak atıverdi. Sonra annem ve işini yarım bırakıp gelen babamdan da azar işittim. Bu planım da boşa gitmişti.

Bir gün sonra annem, babam beni alıp doktora götürdüler. Psikolog mu neymiş sözde beni anlayacak ve tedavi edecekmiş.

"Sen ne anlarsın amca! Senin hiç kardeşin oldu mu? Bana kardeş acısı çeken birini getirin! Bir şeyler sordu. Annemle, babamla konuştu. Sonra onlara "Korkacak bir şey yok kardeşini kıskanıyor, biraz da ilgi istiyor" demez mi! Şöyle elini ısırasım geldi. Ne kıskanması, kim kıskanır o sümüklüyü. Annem, babam ikna olmuştu. Biraz benim gönlümü, biraz sevdiğim çikolatayı aldılar da kızgınlığım gidiverdi.

O akşam, annem ev işlerini yaparken, "Kardeşine bak." dedi. Bakıp ne yapacağım, merak ediyordum sanki evden kaçacak. İşte, öyle yatıp duruyor.

Gözlerimi kocaman açtım uzun uzun baktım. Bana gülümsedi, ben de annemler gibi onunla oynamaya başladım. Kardeşimin çok hoşuna gitti, kikir kikir gülmeye başladı. Ay ne güzel bir şeymiş bu.

İnanmayacaksınız kardeşimi sevmeye başlamıştım bile. Hem ben çok şanslıydım. Anaokulunda kardeşi olmayan çok arkadaşım vardı. Artık okul dönüşü kardeşimle oynamayı, kucağıma alıp gezdirmeyi çok seviyordum.

HELE ŞÜKÜR! ANASINIFI BİTİYOR

Zaman su gibi akıp gitmişti, anaokulunun bitmesine iki ay kalmıştı. Sıkılmaya başlamıştım. Her gün aynı şeyler, resimleri boya, kağıt kes, katla, yapıştır... Neymiş el kaslarım gelişecekmiş.

Bir de bitmek bilmeyen şarkılar söylüyorduk. "Kırmızı balık gölde yüzüyormuş" yok efendim "fış fış kayıkçıymış". Emin olun cırtlak sesleriyle

çocuklar bağırıyordu ya, kaçıp gidesim geliyordu oralardan. Çekilecek dert değildi.

En çok da, yardımcı öğretmenin beni tuvalete götürmesine bozuluyordum. Tuvaletin kapısına kadar götürüyor, pantolonumun düğmesini açıyordu. Bense bundan çok utanıyordum. Kocaman adam olmuştum, ancak düğmemi bir türlü açamıyordum.

EN BÜYÜK FENEL!!!

Bir gün akşam babam elinde bir paketle geliverdi. "Yusuf Ali seninle maça gideceğiz. Bak bu forman, bunlar da biletlerimiz." Ne olacağını pek anlamamıştım, ama babam bu kadar sevindiğine göre iyi bir şey olmalıydı. Babaannemse çok memnun kalmamıştı, " Başka işiniz mi yok, kocaman

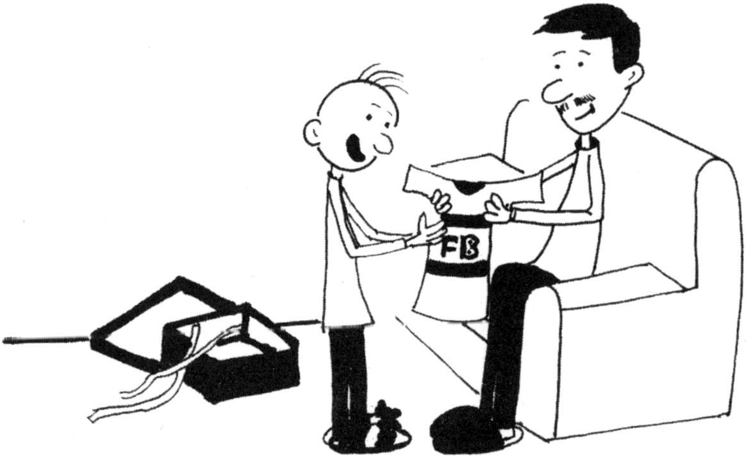

adamlar bir topun peşinde koşup duruyorlar, sonra kaleye atınca havalara zıplayıp seviniyorlar. Sanki dünyayı fethediyorlar."

Babaannemin tüm olaylara ilginç bir bakışı vardı. Düz, basit ve son derece de mantıklı. Babam bu maçın önemli olduğunu, yenersek şampiyon olacağımızı söyledi.

O hafta sonu, formalarımızı giyip maça gittik. Babaannem haklıydı galiba stadyumda herkes bağırıyor, bir kızıp bir seviniyor, hop oturup, hop kalkıyorlardı. Hele bir amca vardı, sırtını sahaya çevirmiş durmadan bağırıyor oradakiler de tekrar ediyordu.

Söyledikleri birkaç kelime idi ve tekrar edip duruyordu. " La lalalalaaaa, Şampiyon Fener" Bir de anladığım kadarıyla hakem amcayı da pek sevmiyorlardı!

Maçı kaybetmiştik ve babam hakemlerin haksızlık yaptığını söyleyip duruyordu. Bu sonuca babam da arkadaşları da çok üzülmüşlerdi. Eve geldiğimizde babaannem bizi kapıda karşıladı. "Ne oldu Viyana'yı mı fethettiniz? Bak çocuğu da yormuşsun, aç, perişan, oralarda terlemiş." Doğrusu ben de bağırış çağırıştan, pek bir şey anlamamıştım. babaannem yine haklı çıkmıştı sanki.

Babaannem; babamı çok sever, bazen söylenirdi. Ama babam hiç ses çıkarmazdı. Oysa babam esip gürleyen biriydi. Bir anneme bir de babaanneme ses çıkaramazdı. Bildiğiniz Türk erkeği(!) yani.

CAN DOSTUM: YASİN

Günlerim kardeşimle ve komşumuz Yasin ile oynamakla geçiyordu. Sabah kahvaltıdan sonra, Yasin hemen kapıda beliriyordu. Ardından mahalleye çıkıyor, akşama kadar oyunlar oynuyorduk. O yıl en çok oynanan oyun bilye idi. Bilyeleri yan yana dizip en baştakini vurmaya

çalışıyor, vurduğumuz bilyeden geri kalanı bizim oluyordu. Mahallede Yasin'le benim karşımıza çıkacak kimse kalmamıştı. El ele verip mahallede bulunan ne kadar çocuk varsa, avuçlarındaki bilyeleri ütüyorduk. Akşam da torbamızı doldurup eve dönüyorduk.

Yasin ile ayrımız gayrımız yoktu. Tüm bilyelerimizi bir torbaya koyuyor, bir gün o, bir gün ben eve götürüyorduk. Yüzlerce bilyemiz olmuştu. Artık bilyeleri çocuklar arasında kapış yapıyorduk. Mahallenin çocuklarını bir araya getiriyor; "Hadi kapış yapıyoruz." deyip bilyeleri havaya atıyorduk.

Onların bilyeleri almasını seyrediyorduk. Bilyeyi kapan çocuklar çok seviniyor, biz de cömertliğin verdiği gururla mutlu oluyorduk. Mahallede bilyesi olmayanlara bilye veriyor sonra da onlarla oynamaya başlıyorduk. Yasin ile el birliği yapıp ne varsa tekrar topluyorduk. Ta ki Goftik Mustafa gelene kadar.

Goftik ismini her oyunda, başı vurmasından alıyordu. Tabi olan oldu. Goftik Mustafa her atışta başı vuruyor, bize de ağzımız açık, şaşkın şaşkın bakmak düşüyordu. Kaybettiklerimizi tekrar kazanma umuduyla daha çok hırslanıyor ve her seferinde kaybediyorduk.

Goftik Mustafa iki ayda kazanıp, biriktiğimiz ne kadar bilye varsa iki günde bizden alıvermişti. Biz de Yasin'le oturup kaybettiğimiz canım bilyelerimizin arkasından ağlamıştık.

Akşam babamdan yüklü bir para isteyince babam "hayırdır ne alacaksın bu kadar parayla" dedi. Ben de olan biteni anlattım, tüm para ile bilye alıp Goftik Mustafa'yı yenecektik. Babam biraz para verdi, ardından; "Sen hırs yapmışsın bu şekilde onu yenemezsin. Hırs kalbe girdi mi akıl baştan çıkar." dedi. Ne yapmam gerektiğini de söyledi. Ya çok çalışıp ondan daha iyi olacaktım, ya da onunla oynamayacaktım. Yasin ile sürekli oynuyor tekniğimizi geliştiriyorduk. Artık o kadar çok oynamıştık ki geceleri rüyalarımızda bile görür olmuştuk.

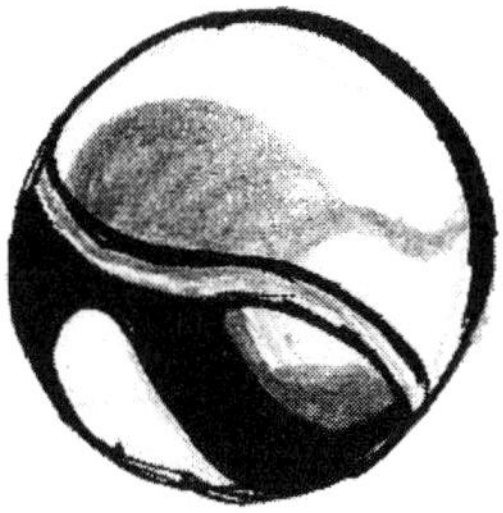

Yenilgimizin üstünden bir ay geçmişti. Artık Goftik Mustafa ile karşılaşma zamanı gelmişti. Attığımızı vuruyorduk. Goftik Mustafa'nın yanına gittik. Goftik; "Siz yine mi geldiniz! Bak yenilirseniz ağlamak yok ha!" deyip kahkahayı bastı. Çok sinir olmuştuk ama yapacak bir şey yoktu.

Oyun başlamış, bilyeler dizilmiş, mahallede ne kadar çocuk varsa başımıza toplanmıştı.

Goftik neye uğradığını şaşırdı. Bir ay önce kek(!) gözüyle baktığı çocuklar gitmiş, yerine profesyonel oyuncular gelmişti. Goftik her seferinde elindekinden biraz daha fazlasını ortaya diziyor ve kaybediyordu. Artık hırslanmış aklı başından gitmişti. Elinde, avucunda ne varsa tükenmeye başlamıştı.

Kardeşini eve gönderdi, ne kadar bilyesi varsa alıp gelmesini söyledi. Kardeşi iki torba bilye daha getirdi. Artık ortaya beşer, onar bilye koymuyor, ellişer yüzer bilye koyarak oyuna devam ediyorduk. İki torba dolusu bilyemiz olmuştu ve hala kazanmaya devam ediyorduk. Mahalledeki çocuklar, bizim nasıl oynadığımızdan bahsediyorlardı.

Artık o mahallenin kralı biz olmuştuk. Bilyeyi artistik hareketlerle atıyorduk.

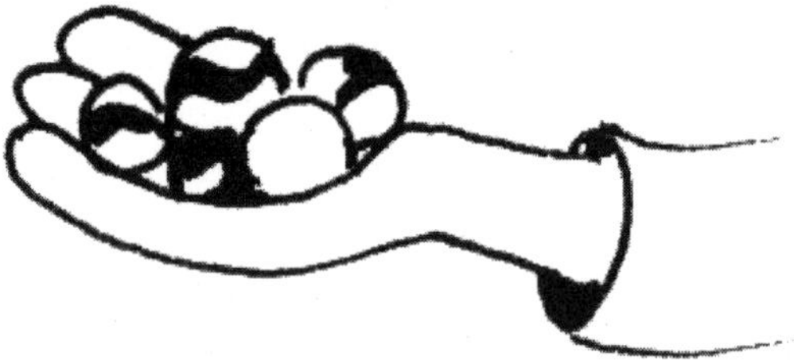

Goftik pes etme aşamasına gelmiş, sıfırı tüketmişti. Ağlayarak, "tamam! son beş bilyem kaldı onları da ütün gidin" dedi. Son beş bilyesini de dizdi zavallı. O eli aldı, sonraki eli de, daha sonrakini de...

Her şey tersine dönmüş, Goftik yenmeye biz yenilmeye başlamıştık. Yasin'e "hadi bırakalım dünya kadar bilyemiz oldu" dememe rağmen, Yasin yok elinde ne varsa alacağım demeye başladı. Yasin oynayınca mecburen ben de oynuyordum. Goftik hem kabiliyetli, hem de zeki bir çocuktu.

Aramızdaki anlaşmazlığı fark etmiş, bizi hepten birbirimize düşürmüştü. Yasin'le bağrıştık, sonra bilyeleri bölüştük. Artık herkes kendisine oynuyordu. Ellişer, yüzer kaybetmeye başladık. Goftik keyiflenmiş, bir yandan da bize laf sokuşturup duruyordu. "N'oldu oğlum biraz önce keyfiniz gıcırdı şimdi ağlamaya başladınız ha!" Çok sinir bozucu bir çocuktu, bizi iyice sinirlendiriyor, ardından elimizde ne varsa ne yoksa topluyordu. Bizse bir yandan kaybetmenin verdiği üzüntü, bir yandan da tekrar kazanırız umudu ile ne yaptığımızı bilmiyorduk. Tabi olabilecek en kötü şey oldu. Goftik yine bizi yenmişti, elimizde, avucumuzda ne varsa almıştı. Bizse bir yandan ağlıyor bir yandan da söyleniyorduk."Senin yüzünden oldu, senin yüzünden oldu." deyip birbirimizi suçluyorduk. Oysa ne güzel yenmiştik, bırakamadık. Gitti bizim canım bilyelerimiz. O gün jübilemizi yapmıştık, bir daha da elimize bilye almadık.

Birkaç gün Yasin'le dargın kaldık. Sonra bir gün sanki bir şey olmamış gibi birbirimize sarılıp barışıvermiştik. Nerede yanlış yaptığımızı anlamıştık. Bir arada olduğumuzda karşımıza kimse çıkamıyordu. Ne zaman tartışıp ayrılığa düşsek, herkese rezil oluyorduk. O gün bir daha küsmeyeceğimize söz verdik.

ŞİMDİ OKULLU OLDUM!

Okulların açılmasına birkaç gün kalmıştı. İlkokula başlayacaktım. Evde bir hazırlık, bir heyecan anlatamam. Artık okullu olmuştum. Annem okul kıyafetimi giydirip "maşallah, maşallah benim oğlum adam olmuş" diyordu. Babam kırtasiyede ne kadar kalem, silgi varsa hepsinden birer tane almıştı. Hani her tarafında cep olan, üstünde çizgi film kahramanlarının

olduğu bir de çanta almıştı. En çok da ona sevinmiştim. Kollarımı taktım mı, kendimi süper kahraman görüyor, okula nefessiz koşarak gidiyordum. Hani gözünüzde büyütmüş olmayayım, okul dedimse öyle uzaklarda değil. Evimizin iki sokak ötesinde, zil çalmadan üç dakika önce yola çıkıyor, koşarak derse yetişiyordum.

Okulun açıldığı haftayı hatırlamak bile istemiyorum. Öğretmen bizleri okula alışmamız için büyüklerimizle birlikte sınıfa almıştı. İşte ben de buna kafayı takmıştım. Bir tarafta kurbanlık gibi sessiz sedasız oturan çocuklar, bir tarafta salya sümük ağlayanlar... Veliler çocuklarının başlarında susturmanın peşinde. Madem ağlayıp zırlayacaksın gelme kardeşim, ne diye bizleri rahatsız ediyorsun ki! Neyse bir hafta dinledik mızmızları sonra okula alıştılar da biz de kurtulduk.

Tabi benim havam bir milyon. Ağlamıyorum, arkadaşımla oynuyor, öğretmenimi dinliyordum. Akşam babaannem eve getirdiğinde, "Yusuf Ali öbür mızmız çocuklar gibi değil! Ağlamıyor. Tam adam olmuş, dersini dinliyor." Babaannemin sözleri annemin, babamın hoşuna gitmiş, gururlanmışlardı.

Yasin'le sıra arkadaşı olmuştuk. En çok da onunla bir arada olmaktan mutluydum. Sıcakkanlı, sevecen, her zaman güvenilir bir arkadaştı. Okul çıkışı bazen bize bazen onlara giderdik.

Çok büyük bir bahçeleri vardı. İçerisinde meyve ağaçlarının olduğu bir bahçede oturur annesinin bize hazırladığı şeylerden atıştırırdık. Derslerimiz bittiğinde de ya mahalleye çıkar ya da bahçede koşuştururduk.

ÖDEV BENİM HERŞEYİM!

Öğretmenimi çok seviyor, onun bir dediğini iki etmiyordum. Ödevlerimi tam yapıyordum. Bir gün üç sayfa dolusu yan çizgi çizmemizi istemişti. Bende her biri yarım sayfa olan on iki çizgi çizip götürmüştüm.

Öğretmen önce bunun şaka olduğunu düşündü. Sonra "Neden ödevini yapmadın?" diye sordu. "Ödevimi yaptım öğretmenim! Üç sayfa yan çizgi dediniz çizdim." Sonra arkadaşlarımın ödevlerine bakınca yanlış anladığımın farkına varmıştım.

Günler, her gün okula gidip akşam ödev yapmakla geçiyordu. Öğretmenim bizim daha iyi yetişmemiz için bol bol ödev veriyordu. Ödevleri yetiştireyim derken bazen uyuya kalıyordum. Annem o zaman kucağına alıp yatağıma yatırıyordu. Eğer ödevlerim zor ve yetiştirilemeyecek durumdaysa, annemin yardımı imdadıma yetişiyordu.

KIRMIZI KURDELAM VAR!

Babam okumaya geçmem konusunda benden daha heyecanlıydı. Bana renkli, bol resimli hikayeler alıyordu. Her seferinde; "Bak Yusuf Ali! Bunlar çok güzel hikayeler, hele okumaya başla sen de çok seveceksin." diyordu. Okumaya geçmeyi beklemeden aldıklarını karıştırıp duruyor, resimlerine bakıyordum. Okur gibi yapıyor, resimlerine bakarak bir şeyler uyduruyordum. Evdekiler de bana bakıp bakıp gülüyorlardı.

Okumaya geçtiğim gün, öğretmenim yanaklarımdan öptü. Göğsüme kırmızı kurdele taktı. Akşam eve geldiğimde göğsümü gere gere içeri girdim. Dedem; "Aslan torunum okumaya geçmiş." dedi. Cebime hediyemi koyuverdi. Sonra kim

geldiyse beni öpüyor, harçlık veriyordu. Çok sevinmiş, mutlu olmuştum. Böyle olacağını bilseydim, daha ilk ay ne yapar eder, okumayı çözerdim. Laf aramızda zeki çocuğumdur!

OLDU DA BİTTİ MAŞALLAH

Günler su gibi akıp gidiyordu. Ödevdir, çalışmadır derken birinci sınıfı geçmiştim. Karnemin hepsi pekiyi idi.

Ne yapmıştım da bu kadar başarılı olmuştum bilemedim. Oysa gezmeyi, oynamayı, yeni yerler keşfetmeyi ödev yapmaktan daha çok seviyordum. Anne babam karneme çok sevindiler. Bana karne hediyesi aldılar. Bir

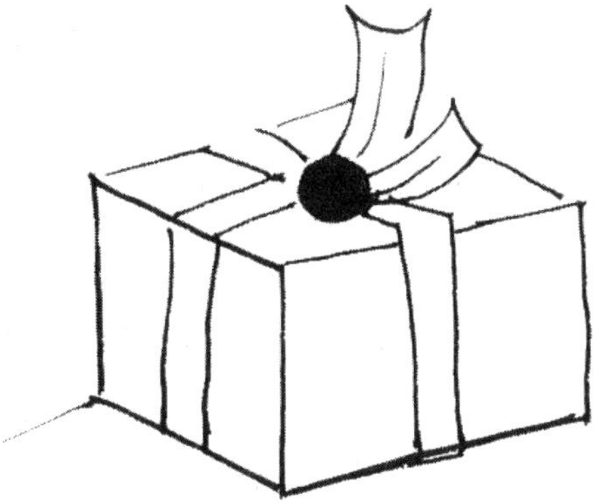

de haziran sonunda büyük bir sürprizleri varmış. Merak etmedim değil. Ara ara konuşmalarına kulak veriyordum. Annem bir ara, "Haziran sonunda yaptıralım. Zaten bir hafta sürmez koşmaya, oynamaya başlar." dedi. Babam gururla; "Benim oğlum erkek olacak." demez mi? Babacığım ben zaten erkeğim!

Babam yanıma geldi ve "Yusuf Ali bu ay seni sünnet ettireceğiz." dedi. Sünnet olmakla ilgili bir şeyler duymuştum. Ancak ne yalan söyleyeyim biraz korkuyordum. Palabıyıklı birisi, elinde kocaman bir balta ile kovalayacağını, yakaladığında da benim ufaklığı keseceğini düşünüyordum. Neyse ki babam korkulacak bir şey olmadığını söyledi de içim rahatladı.

Sünnet hazırlıkları başlamıştı bile. Annemi de alıp birlikte alışverişe çıktık. Bana uzun pelerini, yaldızlı tacı olan güzel bir kıyafet

aldılar. Sünnet kıyafetimi giydiğimde kendimi filmlerdeki padişahlar gibi hissediyordum. Mahallede birkaç gün böyle dolaştım. Ellerimle pelerinimi yukarı kaldırarak uçuyor gibi yapıyordum Mahalledeki çocuklar da arkamdan koşuyorlardı.

Birkaç gün sonra yakında bulunan bir hastaneye gittik. Doktor amca beni bir masaya yatırdı. "Korkma acımayacak, hem böylece artık büyümüş olacaksın, ucundan azıcık alacağız." dedi. Ben de büyümek için bunun gerekli olduğuna inandım. Gözlerimi

yumdum, az sonra odada bulunan annem, babam, hemşire teyze hep bir ağızdan; "Oldu da bitti maşallah, damat olur inşallah" diyerek alkış tutuverdiler. Oh! Sünnet olmuştum, korkulacak bir şey yokmuş.

Evimizin girişinden itibaren her yer süslenmişti. Beni yatağıma yatırdılar. Birkaç gün sonra babam arabayı süslemiş, beni de en öne oturtmuştu.

Arkamıza amcamlar, dayımlar ve komşularımız takıldı. Mahallede birkaç sefer korna çalarak arabamızla tur attık. Çok güzel bir şeydi. Yoldan geçenler el sallıyor, selam veriyorlardı.

Küçük bir salona gittik orada beni bir yatağa yatırdılar. "Sen burada yatacaksın, misafirler gelip seni sevecekler." dediler. Nasıl yani burada, tüllerle çevrili bir kafeste, bekleyecek miyim? Kendimi hayvanat bahçesindeki aslanlar gibi hissettim.

Az sonra program başlamıştı. Mahallemizin imamı Salih hoca çok güzel ilahiler okudu. Sonra etli pilav dağıtıldı. Misafirler sırayla hem tebrik ediyor, hem de hediyelerini veriyorlardı. Yine madalyalar takılmaya başlamış, bir sürü de oyuncağım olmuştu. Sünnet boyunca arkadaşım Yasin hiç yanımdan ayrılmadı. Yasin ne güzel bir dost, ne güzel bir arkadaştı.

CAMİYE GİDİYORUZ

Üç gün sonra oyunlar oynamaya başlamıştık. Yasin'in babası beni de mahallenin camisine yazdırmıştı.

Başımıza takkelerimizi takıyor, elimizde elifba cüzleri doğru caminin yolunu tutuyorduk. Bize Salih hoca ders veriyordu. Salih hoca çok iyi birisiydi. Çocukları seviyor, yaramazlık yaptığımızda bile kızmıyordu.

Dersimiz bittiğinde Salih hocanın gitmesini bekliyorduk. Sonra çoraplarımızı iç içe koyup kocaman bir top yapıyor, camide maç yapıyorduk.

Ezan vakti gelene kadar maçımız sürüyordu. Ezan okunduğunda hemen amcaların arkasında namaza duruveriyorduk.

Bazen şakalaşalım derken gülmeye başlıyor, Salih hoca selam vermeden camiden kaçıveriyorduk.

Cami çıkışında eve gidiyor, takkeyi elifbayı bıraktığımız gibi doğru sokağa koşuyorduk. Akşama kadar maç yapıyor, oyunlar oynuyorduk. Babamın kesin kuralları vardı. Akşam ezanı okunmadan evde olmak zorundaydım. Bir akşam oyuna dalmış, akşam ezanının okunduğunu duymamıştım. Hava aniden karardığında vaktin geç olduğunun farkına varmıştım. Koşa koşa eve gittim babam kapıda karşıladı. Bir daha geç kalırsan külahları değişiriz demişti. Külah kısmını pek anlamamıştım ama babamın kızdığı bir şey olmalıydı. Babama söz verdim o da affetti beni.

MAHALLEMİZDE SÜPER KAHRAMAN VAR!

Mahallemizde akan küçük bir dere vardı. Arkadaşlarımızla bir araya gelir, derede oynardık. Kağıttan gemiler yapar, yarıştırırdık. Bir heyecanla peşlerinden koşar, hayaller kurardık. Sonra taş atar gemilerimizi batırıverirdik.

Bazen de üstümüzü çıkarır yazın sıcağında dereye girer serinlerdik. Annem üstümüzü ıslatmamıza çok kızardı. Biz de ıslanan elbiselerimizi güneşte kurutur sonra evimize dönerdik.

Derenin tehlikeli olan derin yerleri vardı. Mahallede bazı çocuklar buralara girer yüzerdi. Bizde kenardan seyreder, girmeye korkardık. Bir gün kimseler yokken Yasin "ben de yüzeceğim" dedi ve üstünü çıkarıp atlayıverdi. İşte o zaman olan oldu. Yasin batıp çıkıyor, "imdat! İmdat! Boğuluyorum!" diye bağırıyordu.

Ne yapacağımı bilemedim bir an. Atlayıp kurtarayım dedim ancak ben de yüzme bilmiyordum. Kenarda ona uzatabileceğim ne bir ip vardı, ne de bir dal parçası vardı. Buz kesilmiştim, korktum, avazım çıktığı kadar bağırmaya uzakta olanları çağırmaya başladım. Liseye giden Muhammed abi koşarak geldi üstünü çıkarmadan suya atlayıverdi. Yasin'i oradan çıkardı.

Yasin nefes almıyordu. Muhammed abi ters çevirdi, karnını yukarı çekip, çekip bırakıyordu. Allah'ım ! ne olur Yasin ölmesin o benim en sevdiğim arkadaşım diyerek yalvarmaya başladım. Yasin birden "öööööğğhh" dedi. Karnında ne kadar su varsa boşaltıverdi. Nefes almaya başlamıştı, baygın baygın bana bakıyor bir yandan da titriyordu.

Hemen elbiselerini üstüne örttüm. Birkaç dakika sonra Yasin kendine gelmiş, titremesi durmuştu. Şükürler olsun Allah'ım duamı kabul etmişti.

Bu arada Muhammed abi mahallemizin süper kahramanı oluvermişti. Mahallede onun yaptığı dilden dile dolaşır olmuştu. Herkes üstüne bir şeyler koyup abartarak anlatıyordu. Öyle ki bir seferinde dört, bir seferinde beş kişiyi boğulmaktan kurtarmış haberleri yayılıyordu. Benim gözümdeyse dünyayı kurtaran adamdı Muhammed abi. Çünkü canım arkadaşım Yasin'i kurtarmıştı.

BEN ABİYİM !

Kardeşim Kevser büyümüştü, artık olur olmaz şeylere ağlamıyordu. Bebekleri ile oynamayı çok seviyor, bir anne gibi onları yediyor, giydiriyordu. Bebeklerinin içerisinde en güzeli ve en çok sevdiği, halasının armağan ettiği kızıl saçlı bir oyuncaktı.

Onunla oynamıyor sanki onunla yaşıyordu. Ona, gün boyu olup bitenleri anlatıyor, üstünü değiştiriyor, bazen de kızıyordu. Bebeğine bir de isim vermişti: "Kızılcık". Bebek denmesine bile kızıyordu. Eğer Kevser'i sinirlendirmek istersem; "Şu yaratığı buradan al." demem yeterliydi. Deliriveriyor; "Onun adı Kışılcık, Kışılcık anladın mı?" demeye başlıyordu.

Annem işe giderken bizi okula bırakıyor. Okul çıkışında Kevser'in elinden tutuyor, birlikte eve dönüyorduk. Kevser anaokuluna

Kızılcık'ı da götürüyordu. Kızılcık'ı o kadar çok benimsemiştik ki, sanki küçük kardeşimiz oluvermişti.

Bir gün Kevser sınıfın kapısında belirivermişti. Durmadan ağlıyor, iç çeke çeke "Kışılcık, Kışılcık" diyordu. Koşarak yanına gittim. Elinde Kızılcık'ın parçalarını gördüm. "Ne oldu, anlat" dedim. Sınıfındaki yaramaz çocuklar Kızılcık'la oynamak istemişler, Kevser vermek istemeyince kolunu, bacağını koparmışlardı. Kardeşimin ağlamasına dayanamadım. Anaokulunun kapısına gittim. Bunu yapan çocukları bulacak ve onlara günlerini gösterecektim. Fakat öğretmenleri bana engel oldu.

Okuldan eve dönmüştük, kardeşim hala ağlamaya devam ediyordu. Babaannem "Ne olur üzülme! Ben bebeğini eski haline getiririm." dedi. Eline iğne ipliği aldı, kollarını, bacaklarını dikti. Nerede ise eskisi gibi olmuştu.

Bir farkla, artık kızıl saçları yoktu. Çocuklar saçlarını da yolmuşlardı. Dedem komik birisi idi. "Kevser bak, benim de saçım yok, bana arkadaş oldu. Bundan sonra onun adı "Kızılcık" değil, Kelcik olsun." demez mi! Kevser koşarak odamıza çıktı. Dedemin esprisi tutmamıştı, ben gülmüştüm ama Kevser daha içli ağlamaya başlamıştı.

Dedem o gün oyuncakçıları dolaşmış, kızıl saçlı bebek aramış bulamamıştı. Siyah saçlı büyük bir bebek alıp, geri gelmişti. Kevser'i çağırmış ona hediye etmişti. Bu da "Karacık" demişti. Kevser birkaç sefer eline aldı, oynadı."Kızılcık"ın yerini hiçbir bebek tutmamıştı. Kevser, bir daha da ne Karacık ile ne de başka bir bebekle oynamadı. O gün hatıra defterime gidenlerin yerinin dolmayacağını yazdım. Defterin kapağını kapattım.

HAZİNE PEŞİNDE

Yasin'le tatil günleri buluşuyor, biraz ders çalıştıktan sonra gezmeye çıkıyorduk. Yaşadığımız yer küçük, tarihi bir şehirdi. Her yerinde tarihi eserleri görmek mümkündü. Oraları gezmek, dolaşmak ve hayal etmek en hoşlandığımız eğlence oluvermişti.

Eski, yıkılmış bir kilisenin enkazı üzerinde; birimiz haçlı askeri, birimiz Fatih oluyor; kılıçlarımızla savaşıyorduk. Kılıç dedimse gerçek sanmayın! Tahtadan yaptığımız şeyler. Ama o tahta parçası, bizim gözümüzde Hazreti Ali'nin Zülfikar isimli kılıcı oluveriyordu. Yasin bana kızıyor, her seferinde ben düşman askeri oluyorum bu sefer de sen ol diyerek isyan ediyordu.

Tarihi yerler camiler, müzeler, yıkılmış kiliselerden ibaret değildi. Bazen eski, kullanılmayan bir taş ocağı bazen bir mağara oluveriyordu. Yasin, "Hisar tepesinin altında eski bir mağara var ona girelim, hazine bulursak zengin oluruz." demişti. Ben zaten dünden gönüllüydüm "Tamam" dedim. "Bu pazar mağaraya girelim." Pazar gününü iple çekiyor, bulacağımız altınları ne yapacağımızı hayal ediyorduk.

Heyecandan pazar sabahına kadar uyuyamaz olmuştum. Evden gizlice mum, kibrit, fener, ip ve eski elbiselerimizi aldık. Yasin'le mağaraya koşarak gidiyorduk. Bir

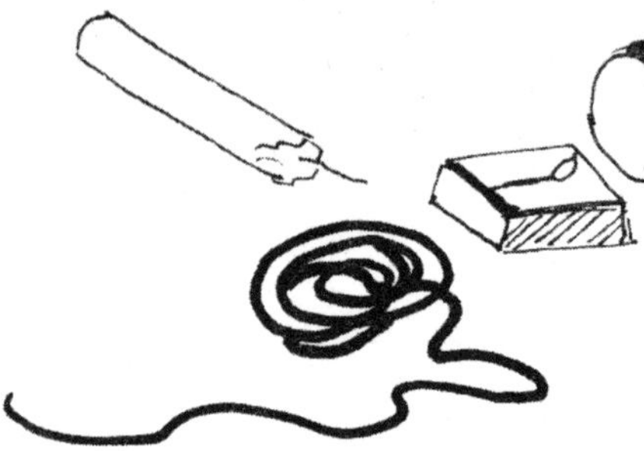

sandık dolusu altın bizi bekliyordu. Akşam altınları anne babamıza verecek onlar işe gitmek zorunda kalmayacaklardı. Hep bizle birlikte olacaklardı.

Nihayet Pazar sabahı olmuştu. Mağaraya kadar yarışarak gittik. Koşmaktan kan ter içerisinde kalmıştık. Mağaranın önünde kimsecikler yoktu. Hemen eski elbiselerimizi giydik. Çıkardığımız elbiselerimizi mağaranın girişine bir poşet içerisinde bıraktık.

Mağaranın önüne girilmesin düşüncesiyle konulmuş tahta parçalarını ve büyük taşı kenara ittik. O kadar kendimizi kaptırmıştık ki, mağaranın çöküp toprak altında kalacağımız; yılan, akrep gibi zehirli hayvanlarla karşılaşacağımız ya da içerisinde kaybolacağımız aklımıza bile gelmiyordu.

Mağaranın girişi dardı, sürünerek içeri girdik. Birkaç metre sonra mağara birden büyüyüverdi. Kocaman bir yer bizi bekliyordu. İnanamadık bu kadar küçük bir yerden nasıl büyük bir alana çıkıvermiştik. Mağaranın içerisi nemliydi. Altında küçük

su birikintileri vardı. Damlacıklar şıp şıp şıp ses çıkarmaktaydı. Biraz korkmuştuk ama girişi biz açtığımız için içerde kimsecikler olamazdı. Bu düşünce bizi rahatlattı.

Işık, girdiğimiz kapıdan yansıyordu. Elimizdeki mumu yaktık. Mağaranın salon kısmında yol üçe ayrılıyordu. Yasin, "Hangisine girelim, bunlardan birisi bizi hazinenin yanına ulaştırır." dedi. Ben, "Ortadakinden gidelim çünkü o diğerlerinden daha geniş." dedim.

Ortadaki kısımdan içeriye doğru girdik. Mağara git gide daralıyordu. Yaklaşık yüz metre kadar gitmiştik ki, artık ayakta yürüyemez olmuştuk. Önce hafif eğilerek ilerledik. Ardından yerde sürünmeye başladık. Artık iyice karanlık olmuştu. İyiden iyiye korkmaya başladık. Yasin bir ara; "Hadi ben korkmaya başladım, geri dönelim." dedi. Ben, "Olmaz! Bu kadar geldik; devam edeceğiz." dedim.

Kaybolmayalım diye birbirimize bağladığımız ip ikide bir kayalara takılıyor, ilerlememize engel oluyordu. Belimdeki ipi çözdüm. Mumun aydınlattığı kadarıyla mağaranın birçok yerinde çökmeler olmuştu.

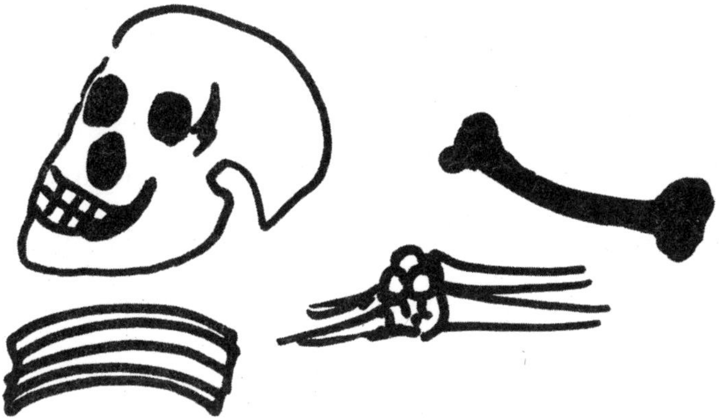

Sağımızda solumuzda kemikler görmeye başladık. İyiden iyiye korkmuştuk. Yasin de ben de biraz terden, biraz da zemindeki sudan sırılsıklam olmuştuk. Geri dönmek istesek de başımızı kaldırıp kendimizi çevirecek kadar alan kalmamıştı. İçerisi iyice havasız kalmıştı. Derken elimizdeki mum söndü. Karanlığın içerisinde kalakalmıştık. Kibritle ne kadar yakmaya çalışsak da, içerideki oksijenin yetersizliğinden bir türlü kibrit yanmıyordu. El fenerini çıkardık, önümüzü aydınlatıp yolumuza devam ettik. Korktuğumuz için olacak sürekli "Allah'ım ne olur bir şey olmasın"

şeklinde dua ediyorduk. Artık gittiğimiz yol genişlemeye başlamıştı. İleriden su şırıltısı geliyordu. Az sonra yavaşça dizlerimizin üzerine doğrulmaya başladık. Biraz daha ilerlediğimizde artık ayağa kalkabilmiştik. Mağara genişlemişti. Karşımıza bir yer altı gölü çıkıvermişti. Yukarıdan az biraz güneş göle doğru vuruyordu. Karşımızda muhteşem bir manzara vardı. Yerden yukarı doğru şekillenmiş dikitler peribacalarına benziyordu. Tavan kısmında da kocaman sarkıtlar vardı. Ortada uçuşan yarasalar, gece kuşları. Hani filmlerde gördüğümüz gibi bir sahne önümüzde canlanıvermişti.

Gölün karşısında mağara devam ediyordu, ancak ne Yasin ne de ben doğru dürüst yüzmesini bilmiyorduk. Keşke yüzme bilseydik, diye iç geçirdik. O zaman maceraya devam edebilirdik. Duvarlarda belli belirsiz insan ve hayvan resimleri vardı. Bir türlü anlam veremediğimiz el resimleri. Sanki biz burada yaşadık der gibi karşımızda duruyorlardı. Ben de yerden bir taş aldım duvara Yasin ve Yusuf Ali yazarak isimlerimizi kazıdım. Bir de tarih attım, belki yıllar sonra buraya gelir, maceramız bir kere daha gözümüzde canlanmış olurdu.

Çevrede ne kadar taş varsa hepsinin altına baktık. Ne sandıklar dolusu mücevher, ne de bir küp altın vardı. Hayallerimiz suya düşmüştü. Yorgunluktan nerede ise uyuyakalacaktık. Artık geri dönme zamanı gelmişti. Hatıra olarak yanımıza mağaradan aşağı doğru sarkmış sarkıtlardan birer parça aldık. Arkadaşlarımız anlattıklarımıza inanmazlarsa elimizdekileri gösterecektik.

Bu sefer Yasin önde, ben arkada geldiğimiz yerden dönmeye başladık. Bir süre gittikten sonra elimizdeki fener sönmeye başladı. Karanlığın ortasında kalakalmıştık. El yordamı ile ilerliyor, bizi nelerin beklediğini kestiremiyorduk. Doğru bir yoldan mı gidiyorduk, kayıp mı olmuştuk. Neden mağaranın sonu gelmiyordu?

Bir süre sonra Yasin; "Yeter dedi daha gidecek gücüm kalmadı. Hadi Yasin ! lütfen ilerle. Seni burada bırakamam." dedim. Bir süre yerde yüzükoyun dinlenmeye çalıştık. Birazdan garip sesler gelmeye başladı. "vık, vık, vık" üzerimizden fareler geçiyor bizse avazımız çıktığı kadar bağırıyorduk.

Eğer burada kalırsak, lağım farelerine yem olacaktık. Mağaraya girdiğimize gireceğimize pişman olmuştuk. Allah yardım etti de hızlıca oradan uzaklaştık. Artık mağaranın çıkışına yaklaştığımızı hissediyorduk. Dışarıdan temiz hava gelmeye başlamıştı. Derin derin nefes alıyorduk. Mağara kapısından ışık görünüyordu. Kurtulmuştuk artık bu karanlık yerden. Bir daha böylesi bir maceraya atılmak mı tövbeler olsun!

Mağaranın kapısından dışarı çıktık. Girdiğimizde henüz sabah saatleriydi. Şimdi ikindi vakti olmuştu bile. Elbiselerimizi giyip doğruca evin yolunu tutmalıydık. Ama daha büyük bir sorunumuz vardı. Sabah çıkardığımız elbiselerimiz ortalıkta yoktu. Her tarafı aramaya başladık, yok. Böyle çamur içerisinde kıyafetlerle eve gidersek evdekiler neler yaptığımızı anlayacaklardı. Öyle silinebilir, temizlenir bir kir de değildi. Balçık balçık, çamura batmıştık. Ya birisi şaka yapmak için onları almış, saklamış ya da etraftaki sahipsiz köpekler alıp uzak bir yere götürmüşlerdi.

Yapacak bir şey kalmamıştı. Üstümüz başımız pis, çamur içerisinde evin yolunu tuttuk. Evdekilere ne diyecektik. Olanları anlatsak çok kızacaklar, belki babalarımız iyi bir sopa çekecekti. Nereden aklımıza gelmişti bu macera. Bin pişman olmuştuk. Yasin; "Ben asla eve gidemem annem beni öldürür." diyordu. Planımızı yaptık. Bize gidecek, olup biteni anlatacak pişmanlığımızı dile getirecek bir daha yapmayacağımıza söz verecektik. Sonra benim kıyafetlerimden birisini Yasin giyip hiçbir şey olmamış gibi evine gidecekti.

Yoldan geçenlerin şaşkın bakışları arasında evimizin önüne geldik. Kapıyı çaldım, annem kapıyı açtı. Bir çığlık attı! görmeliydiniz. Annem; "Aman Allah'ım sizin başınıza ne geldi, ne oldu size?" dedi. Yaptıklarımızı pişman bir şekilde anlatıyor. Bir yandan da ağlayarak yalvarıyorduk. Biz anlattıkça annem sinirleniyordu. "Ah oğlum sizde hiç akıl yok mu? Allah'ım aklımı kaçıracağım." "Anne artık içeri alsan herkes bize bakıyor." diyecek oldum. Annem; "Ben böyle sizi içeri alamam, ben size ne yapacağımı biliyorum." dedi.

Bahçeye çeşmenin yanı başına götürdü. Üstünüzdekileri çıkarın dedi. Ben ve Yasin yalnızca iç çamaşırımızla kala kalmıştık. Bir yandan söyleniyor bir yandan da hortumla üstümüze su tutuyordu.

Anne su soğuk dediysek de, o bizi duymazdan geliyor. "Aklınız başınıza gelir, bir daha da böyle şeyler yapmazsınız, hele akşam baban gelsin sen gör ne olacak." diyerek bizi yıkamaya devam ediyordu. Neyse ki annemin hışmından kurtulmuştuk. Yasin benim kıyafetlerimden giymiş evine dönmüştü.

Akşam babam gelmeden uyuyacak, böylece babamın elinden kurtulmuş olacaktım. Ama ne mümkün, o kadar yorgunum; babam ha geldi ha gelecek, gelince ne olacak düşünmekten gözüme uyku girmiyordu.

Az sonra zil çaldı. Kız kardeşim Kevser; "Babam geldi." çığlıklarıyla kapıyı açmaya koştu. İçerden sesler geliyor, olan biteni annem bir güzel babama söylüyordu. İyiden iyiye korkmuştum. Birazdan babam gelecek bir güzel sopa çekecek, bununla da kalmayacak kesin öldürecekti. Ben sırtımı kapıya çevirdim, başımı yorganın altına soktum, gözümü sımsıkı kapattım. Babamın

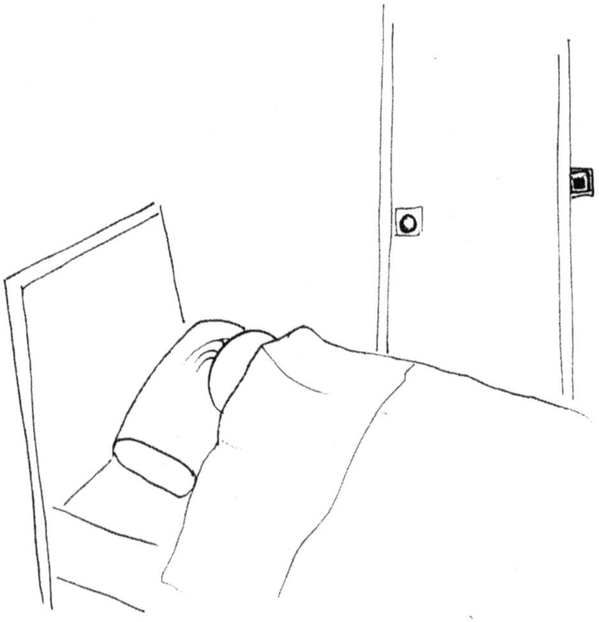

uyuduğumu düşünüp, geri gitmesi için dua ediyordum. Kapı açıldı, babam içeri girdi. "Yusuf Ali hadi kalk biraz konuşacağız." dedi.

Yeni uyanmış gibi gözlerimi ovuşturdum. "Efendim baba" dedim. "Babam bu gün ne yaptın? Baştan anlat bakalım" dedi.

Olanları anlattım, neden böyle bir maceraya atıldığımızı, zengin olma hayallerimizden bahsettim. Babam sessizce dinledi. Sonra "Evladım dedi, bizim üzerimize düşen çalışmak, zengin olmak nasip kısmet işi. İnsanın alın teri ile kazandığını yemesi kadar kendini mutlu edecek bir şey yoktur. Helal kazanılan üç lira, haram olan üç bin liradan daha kıymetlidir. Sen sen ol kendi elinle çalış!, alın terinle hak et!" dedi.

Babam çok değerli birisiydi, bir kez daha anlamıştım. O gün bana ömür boyu unutamayacağım bir ders vermişti. Yaşım on bir, hayat maceralarla devam ediyor. Hatıra defterimin yaprakları hızla tükeniyordu...

ÇOK YAKINDA...

YUSUF ALİ'NİN MACERALARI -2

ÜÇ KAFADAR